KB270694

가시고기 아비의 사랑

송하선 시집

가시고기 아비의 사랑

오회

　이 땅의 '아비'들은 웬지 모르게 기가 죽어 있
는 것 같다. 아이 엠 에프의 어두운 터널, 그리
고 구조조정이란 이름의 아슬아슬한 징검다리를
건너며, 어쩐지 기가 죽어 있는 듯한 '아비'들의
모습이다. '아비'들의 기죽은 모습은 비단 직장
이나 사회에서만도 아니다. 집에 돌아가면 집에
서도 웬지 설자리가 작아지고 있고, 자기 희생
적인 사랑을 강요 당하고 있는 것이 이 땅의 '아
비'들인지도 모른다.

　그러나, 그 '아비'들의 가슴은 깊고도 넓은 호
수와도 같다. 그 호수는 둘레의 모든 사물들을
모두다 가슴으로 받아들인다. 누군가 돌을 던져
도 그 파문을 깊고도 넓은 가슴 속에 담아 버리
고 만다. '아비'들의 가슴 속엔 자식들에 대한

깊고도 넓은 사랑이 있어도 그 사랑을 굳이 말
하지도 않는다. 호수처럼 잔잔하게 담아두고 있
을 뿐, 묵묵히 '아비'의 노릇을 할 뿐, 그 사랑을
굳이 표현하지도 않는다.

　미물이긴 하지만, 가시고기 아비의 어린 자식
들에 대한 자기 희생적인 사랑도, 이 시대 '아비'
들의 모습과 많이 닮아 있다.
　나의 다섯 번째 시집 『가시고기 아비의 사랑』
을 이 땅의 기죽은 '아비'들에게 삼가 헌정(獻呈)
한다.

2002년 5월

有恒齋에서 송하선 씀

이순을 넘긴 날의 흔적 (1)

이순을 넘긴 날의 흔적 (3)

이순을 넘긴 날의 흔적 (1)

늙은 소가 가고 있네

늙은 소 한 마리가 우시장으로 갑니다
제 살점 팔리는 곳을 향해 묵묵히 갑니다
고삐 쥔 주인은 가는 곳을 알 테지만
가는 곳을 모르는 채로 소는 그냥 갑니다

서편 하늘에 물드는 저녁놀이 곱습니다
물 안개가 강물 위에 희부옇게 흔들립니다
성자聖者처럼 묵묵히 늙은 소가 갑니다
저승길 가는 길도 아마 저런 듯 싶습니다

손

이 세상에 태어나는 순간부터
나의 손은 무언가를 붙잡으려고 했네
누군가의 손길이 닿았을 때
처음 움켜잡으려고 했을 때부터
내 손의 이별의 역사는 시작되었네

나의 손이 이별의 역사라는 것을
상실의 역사이며 놓아줌의 역사
버리고 떠남의 역사라는 것을
오늘은 새삼스레 생각하게 되는구나
무엇인가 움켜잡으려고만 했던
그것이 바로 슬픔의 근원이라는 것을

때로는 이 손으로 그리운 이를
붙잡으려 했고 때로는 이 손으로

그리운 이를 놓아주었고
때로는 담담하게 때로는 허허로이
내 손이 확인한 그 많은 이별의 순간들

모처럼 다냥한 겨울 한낮에
마디 굵은 손을 보며 호젓이 앉으니
유리창엔 아른아른 성애가 피고
성애 핀 유리창 밖엔 그 많은 슬픔의
이별의 얼굴들이 보이는구나

어떤 이는 슬픈 눈빛으로
어떤 이는 행복한 얼굴로
어떤 이는 천치 같은 모습으로
아지랑이처럼 아른아른 보이는구나

이별한 사람만 아른아른 보일 뿐
나의 손이 진실로 붙잡은 이는
이 세상엔 아무도 없구나

풀꽃의 설법

이름도 알 수 없는 풀꽃이
부처의 말씀을 전하려 하네

가장 낮은 곳에 앉아 있지만
그러나 해맑은 웃음으로

가난한 잡초 속에 묻혀 있지만
그러나 넉넉한 웃음으로

이름도 알 수 없는 풀꽃이
부처의 설법을 전하려 하네

박 꽃

내 고향의 달빛은 유난히 푸르스름
했었네, 토담 위로 솟아오른
박꽃들이 달빛의 조명을 받으면
그 날 밤의 박꽃은
희다 못해 더욱 푸르스름 했었네

유난히 달이 밝은 초저녁
어머님이 샘물을 길어다가 항아리에
부으실 때 물동이를 이고
토담 길을 가실 때
어머님의 모시옷은 박꽃보다도
더욱 푸르스름한 조명을 받았었네

아, 오늘 밤엔
이 도시의 빌딩 위로 검게 그을은

낯설은 달덩이 하나 솟아오르고
달덩이 하나가 변두리의 내 집까지
어슴푸레하게 걸어서 오고
어떻게 사는지 안심찮아 그러는지
내 집의 누추한 세간사리 들을
기웃기웃 엿보고 있네

내 고향의 그 푸르스름한 달빛은
길이 멀어서인지 아직 오지 못하고
박꽃 같으시던 어머님
어머님의 모시옷을 조명해 주던
맑고 푸르던 그 달빛도 오지 못하고
어찌 된 일인지
검게 그을은 달덩이 하나만
낯설게 빌딩 위로 솟아오르고 있네

매미의 울음

한 평생
노래만을 부르다가
이 세상을 하직한 그 사람
그 사람의 뒷모습을
너는 보았느냐

그 노래가 허공으로
재가 되어 공염불이 되어
사라지는 줄도 모르고
애간장이 터지게
노래 불렀던
그 사람
온 생애를 신들린 듯
시를 읊조렸던 그 사람

그 사람의 뒷모습을
매미야
너는 보았느냐

새떼들이 가고 있네

한 무리의 새떼들이
저녁놀 속으로 날아갑니다
아내와 자식들을 찾아
가물가물 날아가고 있습니다

새떼들이 찾아가는 곳은
숲속의 안식의 집이겠지만
그들은 집이 온전히 남아 있는지
가족들은 무사히 잘 있는지
어떻게 되었는지
모르는 채
가물가물 찾아가고 있습니다

지금 그들이 집에 돌아가면
어쩌면 토악질을 하게 될 지도

모릅니다, 오늘 그들이 주어먹은
곡식들 물고기들 때문에
어쩌면 토악질을 하게 될지
남은 생애는 어떻게 될 것인지
모릅니다

한 무리의 새떼들이
저녁놀 속으로 날아갑니다
그들은 집이 온전히 남아 있는지
남은 생애는 어떻게 될 것인지
모르는 채

가물가물 날아가고 있습니다
저녁놀은 무심히
뉘엿뉘엿 저물어가고 있습니다

영을 받은 무당

정말 희한한 일이다
영을 받은 무당을 보면

하늘의 말씀 속으로
그는 무시로 드나들고
사람의 마음 속으로
그는 무시로 드나들고

정말 희한한 일이다
영을 받은 시인을 보면

하늘의 말씀 속으로
그는 무시로 드나들고
사람의 마음 속으로
그는 무시로 드나들고

가시고기 아비의 사랑

가시고기 아비는 입이 있어도
말하지 않는다 할 말이 많이 있어도
말하지 않는다
다만 어린 아이들을 보호할 뿐
어린 아이들에게 먹이를 물어다 줄 뿐
말하지 않는다
묵묵히 아비의 노릇을 할 뿐

그것이 아비로서의 사랑이라는
말조차도 하지 않는다 사랑이 가슴 속에
있다는 말조차도 하지 않는다
다만 어린 아이들의 먹이를 위하여
제 일생을 모두다 소진할 뿐
모두다 소진하고 드디어 죽을 뿐
죽음에 대하여 말하지도 않는다

묵묵히 아비의 노릇을 할 뿐

가시고기 아비는 눈물이 있어도
눈물을 보이지 않는다 슬픔이 있어도
슬픔을 보이지 않는다
다만 어린 아이들에게 제 살을 먹일 뿐
산산이 부서져 제 살을
아이들에게 먹일 뿐
아픔이 있어도 아픔을 말하지 않는다
묵묵히 아비의 노릇을 할 뿐

안개보다도 노을보다도

아침 안개보다도 아름다운 시를
나는 아직 찾지 못했네

저녁 노을보다도 아름다운 시를
나는 도저히 찾을 수가 없네

아, 삶이 깊어 갈수록
안개보다도 노을보다도
아름다운 시는
분명코 어디에 있음이여

봄날 아침 안개 속을
걸어가는 이의 시 작품 보다는

깊은 가을 저녁 노을 속을

걸어가는 이의 시들이
아름답고도 깊고 향기로움이여

나 비

나비에게는 봄날의 꽃밭이 극락이다
그가 꽃의 향기에 취해 있을 때나
봄날의 꽃밭을 날아다닐 때는
바로 그 곳이 극락임을 그는 모른다

나비에게는 늦가을의 바다가 지옥이다
그가 바닷바람에 취해 있을 때나
여름날의 바닷가를 날아다닐 때는
바로 그곳이 지옥임을 그는 모른다

꽃 밭에서 놀다가 꽃 향기에 젖어
돌아오는 나비여
꽃들이 모두 떨어져버린
늦가을의 뜨락을 날아가 보아라

바닷가에서 놀다가 거센 파도에 지쳐
돌아오는 나비여
이따금 칼 바람 부는
늦가을의 바다를 날아가 보아라

봄날의 꽃밭이 너의 극락이다
늦가을의 바다가 너의 지옥이다
지옥과 극락을 번갈아 드나들면서도
극락도 지옥도 모르는 너, 나비여

시인이여 너는

꽃구름처럼 아름다운 자연의
신비 속에, 어쩌면
보일지도 모르는 신의 언어를
눈 여겨 보아라 시인이여

해일처럼 밀려드는 이 땅의
번뇌 속에, 그 번뇌
치유할 수 있는 노래 있는지를
귀 기울여 보아라 시인이여

시인이여 너는
영원과 찰나 사이 이승과
저승 사이
오늘과 내일 사이를 오가는
영혼의 방랑자

시인이여 너는
그러나 항상 되돌아 보아라
구름처럼 왔다 가는
너의 뒷모습 돌아 보는 시간을
가져라
네 흔적 엿보는 시간을
그 흔적 더럽힐까 저어하는
시간을 가져라 시인이여

풍 장

― 티베트의 '풍장' 모습을 보고

그것은 자연으로 다시 돌려보내는 일이다
아니다 아니다 그것은
수천 마리 독수리의 매서운 입 속으로
보내는 일이다
독수리의 입 속으로 피 속으로 들어가서
더더욱 매서운 독수리로 부활하도록
하는 일이다

그리하여 매서운 독수리로 하여금
죽은 시체들을 또다시 먹게 하는 일이다
왕성하게 먹고 왕성하게 똥을
눕게 하는 일이다
누운 똥은 다시 거름이 되고 그 거름은
다시 새 생명을 탄생하게 하는 일이다
아니다 아니다 그 새 생명을

사람의 입 속으로 다시 보내는 일이다

사람의 입 속으로 피 속으로 들어가
부활한 사람 독수리로 하여금
죽어간 생명들을 시체들을 먹게 하는 일이다
왕성하게 먹고 왕성하게 똥을
눕게 하는 일이다
누운 똥은 다시 거름이 되고 그 거름은
다시 새 생명을 탄생하게 하는 일이다
사람 독수리의
새 생명을 또 다시 탄생하게 하는 일이다

산의 속살

산이 거기에 있었네
그래서 나는 산을 올랐네
하나의 산을 오르고 나니
또 다른 산이 웃고
있었네

'산은 산이요 물은
물이로다'던 큰 스님의
참뜻을 생각하며
산을 내려오다 문득
보았네
선녀탕의 요요한 속살을
보았네

아, 투명한 유리 속의

산의 속살
속세의 티끌이 없는
그 고요로움

나는 한동안 넋을 잃고
원시의 그 순결을
묵묵히 드려다 보았네

엘리베이터 속에서의 환상

엘리베이터를 타고 올라갈 때
나는 잠시 환상에 젖으며
하늘로인지 어디론지 자꾸만 올라간다
— 천국으로 가는 연습인가!
잠시 환상에 젖으며 올라간다

엘리베이터를 타고 내려갈 때
나는 다시 환상에 젖으며
땅 속으론지 어디론지 자꾸만 내려간다
— 지옥으로 가는 연습인가!
다시 환상에 젖으며 내려간다

하루에도 무수히
오르고 내리는 엘리베이터
하루에도 무수히

천국으로 올라가는 연습
지옥으로 내려가는 연습을 하는
우리들의 일상

이승에서 저승으로 올라가는 연습
저승에서 이승으로 내려오는 연습
이승과 저승, 천국과 지옥을
오르내리는 연습을 하는 우리들의 일상

아, 무엇이든 우리들 세상의 일들은
올라가고 내려가고
내려가고 올라가고
천국과 지옥, 이승과 저승
행복과 불행이 아주 가까운 거리에 있는
우리들의 생애

무엇이든 올라가고 내려갈 때
아슬아슬 곡예를 하는 우리들의 생애

연꽃 (3)

그대, 이만큼의 거리를 두고
그윽이 생각하고 있노라면

물 안개 자욱한 호수 위로
환영幻影처럼 다시 피어 오르네

아련한 그 미소
한 점 흔들림도 없이

세상살이 그 번뇌
오롯이 지켜 보는 것처럼

그대, 거울 같은 수면 위에
보살처럼 그윽이 좌정坐定하고 있네

겨울 나무

　　겨울. 나무들이 모두들 제 홀로 깊게 명상
하는 자세를 취하고 있습니다.　마른나무 어
깨 위에 까마귀 떼를 앉혀 놓은 걸 보니, 아
마 죽음 같은 것에 대하여 명상하는 모양입
니다.

　　겨울 나무들이 모두들 제 홀로 깊게 기도
하는 자세를 취하고 있습니다.　검은 구름을
몰고 오는 눈보라가 멎을 기미를 보이지 않
고 있으니, 아마 구원의 손길을 달라고 기도
하는 모양입니다.

　　아직도 겨울 나무들이 눈을 부릅뜨고 서
있습니다.　산 비탈 저 쪽엔 진눈깨비가 아
직도 안개처럼 깔리고 있습니다.

　　겨울 나무들이 모두들 제 홀로 깊게 침잠
하는 자세를 취하고 있습니다.　산 비탈 내
리는 진눈깨비 속엔 아직 산까치들이 날아오
고 있으므로,　겨울 나무는 내일을 기다리며
인동의 시간을 침잠하는 자세로 서 있는 모
양입니다.

까치집

까치 부부는 인적이 드문 깊은 산 속에는 집을 짓지 않습니다. 아마 그들 부부는 무척 외로움을 타는지, 사람 사는 마을 앞 높은 나무 가지 위에 집을 짓고 아슬아슬 살고 있습니다.

오늘도 까치 부부는 겨울 양식이 충분치 않은지, 혹한인 데도 불구하고 열심히 양식을 물어 올리고 있습니다. 진눈깨비 내리는 날씨인데도 때로는 낡은 집을 고치느라 오르락내리락 하기도 합니다.

때로는 명상의 시간을 갖는 것인지 마른 나무 가지 위에 오랫동안 앉아 있기도 합니다. 그들 부부의 명상은 사시사철 끝나지 않는

것 같지만, 특히 오늘 같은 겨울 날씨에는
더욱 쓸쓸한 모습으로 명상에 잠겨 있는 듯
합니다.

아마 까치 부부는 노후를 대비하기 위하여
깊게 명상을 하고 있는 것인 지도 모릅니다.
그리고 한편으로는 집을 떠난 자식들이 이
혹한을 어떻게 견디며 살고 있는지, 자못 걱
정이 되어서 그러는 모양 같기도 합니다.

들 풀

들풀들이 가을날 손을 흔드는 것은
오는 겨울 뼈 속 깊이 스며들
뿌리들의 절망을 표현하는 일이다

들풀들이 겨울날 발 밑으로 숨는 것은
오는 봄날 핏줄기로 뽑아올릴
뿌리들의 생명수를 예비하는 일이다

그대, 바람 부는 들녘으로 나와
들풀들이 손을 흔드는 소리
발 밑으로 숨는 소리를 들어 보아라

마음 가난한 자의 가슴으로
마음 비운 자의 가슴으로
들풀들의 몸짓에 귀를 기울여 보아라

들풀들이 가을날 손을 흔드는 것은
오는 겨울 뿌리들의 인동을
마른 살로 뼈다귀로 표현하는 일이다

들풀들이 겨울날 발 밑으로 숨는 것은
절망을 넘어 인동의 시간을 넘어
뿌리들의 봄날을 예비하는 일이다

이순을 넘긴 날의 흔적 (2)

우뢰소리

그것은 처음 불 칼춤으로부터 시작된다
성난 귀신들이 불 칼 휘두르며
광폭하게 소리치는 것으로부터 시작된다

우주는 그 무대요 구름은 그 커어튼,
그 커어튼을 불 칼로 찢어버리면서부터
우뢰 소리는 시작된다, 그 소리는
은하의 유성들이 광속光速처럼
지상으론지 어디론지 내리 꽂히는 소리
억만 년 된 바위들이 쩍쩍 갈라지는
소리를 내며
태초의 시간 속으로 잠시 이끌고 간다

만리 밖에서 광폭하게 소리치는
성난 귀신이여 태초의 하늘의 말씀이여

이 세상 죄 있는 자들의 머리 위에
사정 없이 내리치며 호통을 쳐주오
양철 지붕 위에 우박 떨어지는 소리로
사정 없이 사정 없이 호통을 쳐주오

자칫하면 죄를 범하기 쉬운 우리들
자칫하면 잠들기 쉬운 우리들의 영혼
잠들려는 우리 영혼을
호통쳐서 깨우는 것은 그대의 소리뿐
가장 호되게 우리를 질책하는 것은
분명 그대의 소리뿐
선열들의 준엄한 채찍을 가장 확실하게
전달하는 것도 그대의 소리뿐

가야금 열 두 줄을 와르르 끊어 버리듯

우리들의 영혼을 맑게 깨워주오
우리들의 영혼 위에 하늘의 계시를
파천황破天荒의 상상력을
가장 빠른 방법으로 전달 해주오
우뢰소리여
우리에게 주는 하늘의 호통소리여

겨울 하늘 (1)

—미당의 시 '冬天'에 대한 戱作

겨울 하늘엔 시인 한 분 살고 있어요
그 하늘에 '눈썹' 하나 눈 맞춰 두고
즈믄 밤의 꿈에서도 그리워만 하던
그 하늘로 시인 한 분 날아 가셨어요

겨울 하늘 날고 있던 매서운 새를
그 마음의 전령처럼 생각 하고는
은근 슬쩍 그 마음을 띄워 봤지만
새 마저도 날아가다 비끼어 왔었지요

평생동안 그 '눈썹'을 먼 곳에 두고
비끼어 사는 연습 하던 시인을
새 마저도 아는 듯 시늉 했었지요
날다가 날아가다 되돌아 왔었지요

겨울 하늘엔 시인 한 분 살고 있어요
이제는 그 '눈썹'을 만나고 있어요
새 편에 그 마음을 띄울 것도 없이
인제는 만나서 둥지 틀고 살고 있어요

겨울 하늘 (2)
— 미당의 시 '冬天'에 대한 戱作

이 나라의 천부적인 시인 한 분은
그 하늘 '눈썹' 하나 못 잊던 거라
즈믄 밤의 꿈 속에서 그리던 거라

우연히 매서운 새 발견하고는
새 편에 그 마음을 전하던 거라
그 새가 내 마음이다 하시던 거라

그 새는 하늘까지 가진 못하고
가다가 비끼어서 돌아온 거라
그 또한 내 마음이다 하시던 거라

드디어 그 하늘로 날아가신 시인은
그 '눈썹'과 인제는 만나시는 거라
아예 둥지 틀고 거기 사시는 거라

동천冬天의 달
— 미당의 시 '冬天'에 대한 戲作

미당은 겨울 하늘의 만월 속에
'눈썹' 하나를 심어 놓으시고
즈믄 밤 즈믄 해
그 눈썹을 그리워 하시고
그 눈썹 기왓장 넘어 올 때마다
눈 여겨 눈 여겨서 바라보시고

'눈썹'에게론 듯 만월에게론 듯
매서운 새 한 마리 띄워 놓으시고
즈믄 밤 즈믄 해
그 눈썹을 향해 날게 하시고
오오랜 그리움을 전하게 하시고

'눈썹'에게론 듯 만월에게론 듯

매서운 새로 하여금
날고 또 나는 새로 하여금
그 그리움을 시늉토록 하시고
날다가 날아가다가
어쩔 수 없이
비끼어 돌아오는 새를 보시고는

저것이 바로
내 마음이라고, 말씀 하시었었네

당신과 나의 길

어디서 와서 어디로 가는지
시냇물의 노래 소리 따라가 봐요

'돌부리를 울리는'* 저 노래 속에
당신의 가는 길이 보여요

'어디서 무엇이 되어 다시'* 만나는지
우리의 가는 길이 보여요

아아 '타고 남은 재가 다시 기름이'*
되는 것처럼

저기 저 별빛을 따라서 가는
당신과 나의 길이 보여요

*표를 한 시구는 만해 한용운, 이산 김광섭
의 시에서 인용한 것임.

오두막 집

고요가 고요를 낳고
침묵이 침묵을 낳고
명상이 명상을 낳고

아, 그대
가는 곳 어드메이뇨?

내가 죽으면

내가 죽으면 흙이 되고
흙이 죽으면 별이 되고
별이 죽으면 불이 되고
불이 죽으면 재가 되고

내가 죽으면 재가 되고
재가 죽으면 열매 되고
열매 죽으면 내가 되고
내가 죽으면 흙이 되고

풍 광

천 길 우뚝한 바위 끝에
키 작은 소나무가
아슬하게 서 있습니다

비 바람과 눈 보라에
얼마나 많이 시달렸는지

허리 구부리고
고개 숙이고 서 있습니다
만고풍상 견디며
웅크리고 서 있습니다

어둠이 내릴 때

우리는 알고 있지

산에 올라갈 때
돌아올 길
염려하는 것처럼

바다에 나갈 때
돌아올 길
염려한다는 것을

우리는 알고 있지

어둠이 내릴 때
돌아갈 길
염려 하는 것처럼

인생 항해할 때
돌아갈 길
염려 한다는 것을

아 내

먼 강물 굽이굽이 휘돌아 올 때
나의 뱃전을 맴도는 흰 물결 있어라

그림자처럼 따라오는 그 물결을
바다 끝까지 가물가물 안고 가리라

나의 배가 항해를 계속하는 동안
안개 꽃처럼 그 물결을 안고 가리라

고향 마을에 가면

고향 마을에 가면
어머님이 항상 보입니다

동구 밖 오솔길을 걸어도
보이고 눈을 감아도
어머님은 항상 보입니다

어머님은 절대로
무덤 속에 계시지 않고
고향 마을에만
항상 반기시며 계십니다

함박눈

유년시절
함박눈을 맞으면
어디선가 성큼
토끼들이 사슴들이
달려올 것만 같았네

청년시절
함박눈을 맞으면
어디선가 성큼
면사포를 쓴 신부들이
머리칼 헝클리며
달려올 것만 같았네

아, 이순을 넘어
함박눈을 맞으니

어디선가 나무들이
떨고 있는 소리
낙엽 위에 눈이
덮이는 소리

함박눈을 맞으며
산길을 걸으니
눈은 더욱 맑아지고
어디선가 성큼
흰옷 입은 여신들이
보일 것만 같네

어린 날의 첫 사랑은

어린 날의 고향은
어떻게 변해 있는 지를
다시 가서 보는 게 아니다

멀리서 그리워하는 곳일 뿐

어린 날의 첫사랑은
어떻게 변해 있는 지를
다시 만나 보는 게 아니다

멀리서 그리워 하는 것일 뿐

'사랑해'라는 말은

'사랑해'라는 말은
그리 쉽게 발음할 일이 아니다
너의 그 발음이 혹시라도
물고기 한 마리 낚기 위해 던지는
낚싯줄 같은 것은 아닌지를
우선 곰곰이 생각해 볼 일이다

'사랑해'라는 말은
그리 쉽게 발음할 일이 아니다
너의 그 발음이 혹시라도
산 하나 정복하기 위해 던지는
밧줄 같은 것은 아닌지를
우선 곰곰이 생각해 볼 일이다

사랑은

그리 쉽게 오는 것이 아니다
파도건 눈보라건 세월이 흐른 뒤에
우선 네 자신에게 물어보아라
삶과 죽음의 끝 자락에 서서
네 자신에게 물어보아라
그 말이 정말 진실한 것인가를
가슴에 손을 대고 물어보아라

'사랑해'라는 말은
네 가슴에 무덤처럼 묻어둘 일이다
무덤 앞에 세운 묘비명처럼
네 가슴에 오래오래 새겨둘 일이다
파도건 눈보라건 세월이
흐른 뒤에 드디어
하고 싶은 말로 남겨둘 일이다

신록의 푸르름 위에

신록의 푸르름 위에
억만 개의 빛살을 보아요

억만 개의 빛살 위에
일렁이는 생명을 보아요

일렁이는 생명 위에
넘치는 자유를 보아요

넘치는 자유 위에
흐르는 사랑을 보아요

아, 신록의 푸르름 위에
티없는 순결을 보아요

신의 손길로 물감을 풀어

저녁 노을보다 아름다운 시를
나는 아직 읽은 적이 없다
저녁 노을보다 아름다운 그림을
나는 아직 감상한 적이 없다

신의 손길로 물감을 풀어
그려놓은 그림이여 아름다운 시여
저녁 노을이여

저녁 노을처럼 아름다운 시를
언젠가 나는 남기고 싶다
저녁 노을처럼 아름다운 그림을
언젠가 나는 그리고 싶다

신의 언어

신이 내려주는 언어를 찾아요
이제는 그대
귀신과도 만나는 나이가 됐잖아요

도시를 아주 과감하게 떠나요
이제는 그대
도시와도 결별할 나이가 됐잖아요

신이 내려주는 언어가 들리는 곳
이제는 그대
그 섬으로 가서 그의 말씀을 들어요

섬에는 신이 내려오는 소리 들려요
귀도 맑게 트여요
진실로 그대 혼자일 때

신의 언어는 맑게 들리거든요

마음이 답답하면

마음이 답답하면
너는 왜 시집을 꺼내어 읽고 있나
마늘씨처럼 맵고 쓰라린 감동을 주는
한 편의 시, 한 권의 시집이
쓰라린 네 마음의 친구가 되리라고
믿고 있나

마음이 답답하면
너는 왜 들녘으로 나서고 있나
가장 낮은 곳에 앉아있는
풀꽃들의 해맑은 웃음, 해맑은 눈물이
쓰라린 네 마음의 친구가 되리라고
믿고 있나

너, 마음이 답답한 그대여
들녘으로 나와 저 구름을 보아라
저 구름의 흐름 위에
배를 띄워 놓고
그대 영혼
그 배 위에 올라 앉아 보아라

배를 타고 구름 위를 흘러가며
그 배에서 이 지구를 내려다 보아라
이 지구는 온통
내려다 보는 이 지구는 온통
꽃의 나라 꽃의 바다로 보인다는
황홀한 생각에 젖어 보아라

아직도 네가 행복할 수 있는 것은
꽃의 나라 꽃의 바다
황홀한 그 마을
아내가 사립에서 기다리고 있다는 것
너 깃들일 수 있는 둥지가
꽃의 나라에 아직 있다는 것을
생각해 보아라

꽃을 바라보듯
맑은 마음으로 눈을 모으면
노을이 물드는 저 강물도
눈부신 꽃으로 보인다는 것을

마음이 답답하면 그대여
곰곰이 곰곰이 생각해 보아라

이순을 넘긴 날의 흔적 (3)

소 풍

내가 소풍을 즐기는 것은
구름 위를 유영하던 이백처럼
생각을 넘어 생각 속에 들기 위해서다
산을 넘으면 또 다른 산이 있고
구름을 넘으면 또 다른 구름이 있듯이
생각을 넘어 또 다른 생각을 얻고
명상을 넘어 또 다른 명상에
들기 위해서다

내가 소풍을 떠나는 것은
소요유를 즐기던 도연명 처럼
세계를 건너 세계 속에 들기 위해서다
강을 건너면 또 다른 강이 있고
바다를 건너면 또 다른 바다가 있듯이
세계를 건너 또 다른 세계를 얻고

우주를 건너 또 다른 우주 속에
들기 위해서다

아, 내가 소풍을 즐기는 것은
또 다른 우주 속에 들기 위해서다
그 우주를 거닐며 명상하기 위해서다
아니다 아니다 저승에 갈 때
가슴 속에 그 우주를 담아가기 위해서다
그리하여 아름다운 우주를
두고두고 노래하기 위해서다

아름다운 낙화

철쭉꽃은
그 꽃이 필 때보다
떨어질 때를 보아야만
그 진가를 알게 되네

꽃이 떨어질 때
지저분하게 시들은
철쭉꽃은
그 값이 덜한 것이고

이를테면
백제 때 삼천궁녀처럼
자취도 없이 떨어지는 꽃은
그 값이 높고
귀하게 보이는 법

영산홍이 귀하게
보이는 것은
꽃술만 살짝 남기고
이쁘게 떨어지는
낙화에 있음이여

아, 아름답게 떨어지는
영산홍의 낙화여
꽃 같은 인생의 황혼이여

나이 (1)

공후인의 주인공 백수 노인처럼
미친 듯 광기를 부리며
푸른 강물 속에
함부로
뛰어들 수도 없는 나이

시인만의 공화국 시의 무당처럼
미친 듯 객기를 부리며
씨알 머리 없이
함부로
지껄일 수도 없는 나이

나이 (2)

공후인의 백수 노인처럼
무슨 그리움으로든
미쳐버릴 수도 없는 나이

아예 무당이 된 것 처럼
무슨 귀신하고라도
얘기 나눌 수도 없는 나이

고향으로 가는 길

아직은 뉘엿뉘엿
남은 햇살이
숯불 사위어가듯 저무는
황혼이었네
그날의 기억들이
아른아른한 오솔길을
더듬거리며 손채양 하며
가고 있네

산기슭 황토 흙이
드디어 정다웁구나
누런 황소가
동구 밖까지 마중 나오고
억새 꽃들이 소슬하게
흔들어 주는구나

머리 희끗한 할머니처럼
흔드는구나

부끄럽구나 부끄럽구나
헛 살았구나
무엇이 되어 아슴아슴
돌아가는 길인지
어느새 구부정하게
늙은 소나무들이
'네이놈 네이놈'
소리 소리 지르는구나

동구 밖
등허리 길로 접어드니
이빨 빠진 웃음들이

먼저 반기고
오빠시떼 처럼 몰려들던
개구장이들
인제는 떠나서 소식이 없고

빈 집엔
서까래들이 쓰러지기 싫은지
뼈대만은 지키며 아직
남아 있구나
우렁깍지 처럼 죽어간
혼령들이 예서 제서
웃으며 오는 듯 하구나

부끄럽구나 부끄럽구나
헛 살았구나

무엇이 되어 아슴아슴
돌아가는 길인지
그날의 기억들은
저녁 연기처럼 사라지고
삼베옷 한 벌이
언뜻언뜻 스쳐가는구나

발자국

발자국을 아름답게 남기리
허튼 걸음으로
게걸음으로 걷지 않고
뚜벅뚜벅 주어진 길을 걸으리

무엇보다 흠을 남기지 않으리
그 길이 오솔길이건
큰 길이건
빗 물이 고이고 눈이
덮이겠지만

비바람과 눈보라가 지나가면
발자국도 지워지겠지만
낙엽들과 함께 뒤섞이겠지만
끝까지 나를 버리지 않으리

소의 보법으로
그러나 든든히 뿌리 박은
나무들의 걸음으로

항시 제자리를 지키며
서 있으리
소나무처럼 정정하게
비바람 속에 눈보라 속에
서 있으리

근 황

나보다 약한 자를
궁지로
몰아 세우지 않는다

나보다 강한 자의
오만도
그냥 놓아두고
바라보기로 한다

되도록 몸을
낮추기 위하여
풀꽃의 해맑은 미소를
배우기로 한다

되도록 머리를

맑게 하기 위하여
억새 꽃처럼
산책하는 시간을 갖는다

어떤 밤의 풍경

밤이 깊어 가고 있었네
하현 달이 저 만치서
나무 사이를 비껴 가고 있었네

나는 그네를 보내고
그냥 그 자리에
나무처럼 멍멍히 서 있었지만

이제 와서 곰곰이 생각느니
그 밤은 달이 아니라
내가 그네를 비껴 가고 있었네

나 목

바람 부는 언덕에 홀로 서서
너는 왜 그 옷을 벗어 던지고 있나
왜 너는 허허로이 그 열매를
바람결에 하나씩 떠나 보내고 있나

모든 욕망을 털어 버리고
지워버려야 될 것을 모두 지워버리고
떠나보내야 할 것을 떠나보내고
부질없는 사랑도 부질없는 흔적들도

모두다 털어버려야 된다는 것을
바람결에 떠나 보내야 된다는 것을
너는 왜 나에게 가르쳐 주며
바람 부는 언덕에 그렇게 서서 있나

햇 살

태고와도 같은 고요로운 오후에
건강한 햇살이 뜨락에 내리고
유리창엔 아른아른 성애가 피고

그대와 나는
눈과 눈을 서로 주고 받으며
살아 있으므로
저 햇살을 본다는 것
아직 이승에 있으므로
이 쓸쓸한 기쁨을 누린다는 것

먼 산엔
백로 한 마리를 띄워 보내며
신의 사랑이 내리는 이 시간을
호젓이 즐기고 있네

떠나간 이는 저승으로 갔어도
우린 아직 살아 있으므로
눈 부시게 아름다운 저 햇살을
맞아드리고 있네

먼 산으로는 아른아른
백로 한 마리를 띄워 보내며
진정으로
쓸쓸한 축복을 누리고 있네

책 읽기

외로워서 책을 읽는다
누군가를 만나기 위하여
책을 읽는다
책에는 그 책을 쓴 이의
영혼이 스며 있다
그 영혼을 만나기 위하여
책을 찾는다

영혼을 넘어 영혼이 있다
영 넘어 구름을 넘으면
또 다른 구름이
피어 오르듯이

생각을 넘어 생각이 있다
바다를 건너면

또 다른 세계가 보이듯이

외로워서 영혼을 만난다
진실한 영혼을 만나면
이 세상은
혼자라도 황홀하다
아, 누구인가
책 속에서 목마르게 나를
기다리고 있는 그 분은

시와 씻김굿

그대 가슴 속 상처를
치유할 수 있는 시가 있다면

그대 가슴 속 고독을
치유할 수 있는 시가 있다면

그대 가슴 속 절망을
치유할 수 있는 시가 있다면

그대 가슴 속 방황을
치유할 수 있는 시가 있다면

아, 그대 가슴 속 한을
치유할 수 있는 시가 있다면

버리고 싶은 시들

이 시대에 시가
무엇인지를 생각하기 위하여
이 세상의 시들이
무엇인지를 생각하기 위하여

이 시대에 시인이
무엇인지를 생각하기 위하여
이 세상의 시인들이
무엇인지를 생각하기 위하여

아, 나의 시가
무엇인지를 생각하기 위하여

섬

섬에 앉아서
묵묵히 생각해 보면
바다에 떠 있는 것 만이
어찌 섬이랴

호젓이 사람들을 떠나
저 혼자 깊어 가는
밤 바다를 보며
밤 하늘의 별들을 보며
하염없는 그리움을
띄우고 있는 섬들 섬들……

밤이 새도록
저 혼자 보채는 파도소리
밤 바다의 파도소리와 함께

기나긴 이야기의 상대역은
오직 당신 뿐

금만경

서해바다
일렁이는 물결 위로
휘적휘적 걸어가던
구름이여

그 구름이
지평선 위를 떠돌 때
언뜻언뜻 보이던
낮 달이여

아, 낮 달이여 그대여
흐르고 있으리
낮달 속의 그대 얼굴
금만경 푸른 강물에도
흐르고 있으리

그대 향한
내 마음의 학 한 마리
떠돌고 있으리
그 푸른 강물 위에
떠돌고 있으리

망월동 묘역의 풀꽃

모처럼
망월동 묘역에 가서
한 분씩 한 분씩
묘비에 안치 된 사진과
수인사를 했네

전에는 부끄러워
찾아 가지도 못하다가
맘 먹고 찾아가서
사진들과 영혼들과
눈을 맞추었네
눈을 맞추며 눈물을
씻으며 찾아봐도
낯 익은 얼굴은 한 분도
없었네

신문에도 나고
얼굴도 꽤나 알려진
흔히 말하는
지식인은 보이지 않았네
흔히 말하는
저항시인의 얼굴도
민주투쟁의 정치인도
보이지 않고

이름 없는 풀꽃만이
슬프게 웃고 있었네
다만 부끄러워
고개를 떨구고 돌아왔네

선무당들이 사람을 잡았네

옛날 옛날 말처럼
이 나라에서는
선무당들이 사람을 잡았네

때로는 쿠테타 굿으로
나라를 다스리는 무당을 보았고
때로는 싹쓸이 굿으로
나라를 다스리는 무당도 보았네

때로는 물타기 굿으로
나라를 다스리는 무당을 보았고
때로는 학실이 굿으로
나라를 다스리는 무당도 보았네

웃기네 웃기네
신 들리지 않은 이 나라 무당들

옛날 옛날 말처럼
이 나라에서는
선 무당들이 사람을 잡았네

일본어로 번역 소개된 시

※ 일본 시인 몇 분에게 시집을 증정한
일이 있는데, 그들 나름대로 시 몇 편을
골라 자기나라 '무궁화 통신'에 번역 소
개해 주었다. 고마운 일이다. 특히 그들
이 「금강산 별곡」「북한 여자에게」「부
활」 등의 시를 고른 것을 보면, 한국의
분단 현실이나 민주화 현실에 대하여,
그리고 그 아픔이나 한(恨)에 대하여
관심이 깊은 모양이다. 일본어로 번역
소개된 시 11편을 여기 다시 싣는다.

북한 여자에게

내가 만약
철새처럼 날아갈 수 있다면,
바람처럼 산을 넘어 네게로 가서
다짜고짜로 사랑을 고백하고 싶다.

단군 할아버지적 박달나무 숲 속에
집 한 채 짓고
일백일 동안 햇볕도 안 보고
그 짓을 하고 싶다.

내가 만약
철새처럼 날아갈 수 있다면,
바람처럼 벽을 넘어 네게로 가서
막무가내로 결혼하자고 대들고 싶다.

곰가죽을 촘촘히 꿰메어
옷을 해 입고
비둘기처럼 왕성하게
아들을 낳고 싶다.

그리하여 아들은
삼천 명만 낳고
손자는 또 그 아들의 삼천 배만 낳아
남남 북녀南男 北女의 통일 왕국을
건설하고 싶다.

北韓の女に

もし　私が
渡り鳥のように飛ぶことができたら
風になり山を越えてあなたに会い
強引に愛を告白したい.

檀君神話の斧折樺の森の中に
家を一軒たてて
100日間　陽射しも見ずに
あなたを愛していたい.

もし　私が
渡り鳥のように飛ぶことができたら
風になり壁を乗り越えあなたに会い
何としてでも結婚したいと申し述べたい.

熊の皮を細かに縫って
着物にして着せ
鳩のように旺盛に
子供たちをつくりたい.

そうして
3000人つくり
孫はまたその子供の3000倍つくり
南男北女の統一王国を
建設したい.

〈むくげ通信 第4号, 飯嶋武太郎 訳〉

113

부 활

그때,
신하늬라는 이름의 동학군의 한사람
그는 죽어서 파랑새 되어 사라졌지만,
그의 씨앗은
어느 이름없는 여인에게 남겨두고 갔노라고
선배시인 신동엽은 노래했었네.

신하늬라는 이름은
죽어서 사라진 지 오래지만,
그가 남긴 씨앗은
어디선가 남몰래 자라나고 가지를 뻗고
그리고 열매들을 맺어서 오래오래
씨앗으로 남으리라고 그는 노래했었네.

그런데 이 어인 일이냐

정말 신기하기도 하여라.
안개 자욱한 오월의 어느 하루
도시의 거리로 대학의 거리로
눈 비비며 눈 비비며 가서 보면,
문득문득 눈에 밟히는 얼굴
파랑새 되어 사라져간 바로 그 얼굴이
젊은 무리속에 자꾸만 보이니
이 어인 일이냐.

나는 신하늬를
단 한번도 본 일이 없는데
황토밭머리 그날 울던 천둥소리
꽃상여도 만장도 없이
죽지 부러지고 다리 부러져
을미적 을미적 저승길 걸어가던 그 얼굴을

단 한번도 나는 본 일이 없는데,

오늘 아침 무슨 번개로
을미적 을미적 그는 되살아나는지
되살아나 저렇게 울부짖는지
눈도 코도 부르르 떠는 주먹도
어쩌면 저렇게도 신하늬인 성만 싶은 그 얼굴,

파랑새 되어 사라져간 그 얼굴이
젊은 무리속에 저렇듯
무수히 드디어 살아서 오니
정말 신기하기도 하여라.

復 活

その時
シンハヌイという名の東学軍の一人
彼は死んで青い鳥になり消え去ったが
彼の種は
一人の無名の女に残されていったと
先輩詩人のシンドンヨは歌っている

シンハヌイという名は
死んでからすでに久しいが
彼が残した種は
どこかで人知れず育ち枝を伸ばし
果実を結びいつまでも
種として残っていると彼は歌っている

ところで　これどういうことか

まことに不意議なことがあるのだが
霧の立ち込めた五月のある日
都市の街角に大学の街角に
目をこすりながら行って見ると
ぱっと目の前に現れる顔
青い鳥になって消え去ったまさにその顔が

若い連中の中にしきりに現れる
私はシンハヌイを
ただの一度も見たことがないのに
黄土の畑けでその日轟いた雷鳴
花の棺も挽章も無く
死してくず折れ
黄泉路を歩いて行ったことが無いが
ただの一度も見たことが無いが

今朝の稲妻で
黄泉路の彼は蘇えったのだろうか
蘇えって何故あのように泣き叫んでいるのか
目も鼻もふるえる拳も
どうしてあのようにシンハヌイは
満ち溢れているのか．

青い鳥になって消え去ったその顔が
若い連中の中に　　何故
あのように無数に蘇えっているのか
まことに不意議なことである

〈むくげ通信　第5号，飯嶋武太郎　訳〉

분수를 보며

곧은 소리로 말하는 너의 외침은
이미 자유가 아니다.
드넓은 창공을 향하여 힘껏 외쳐대지만
드디어 너는 스스로 속박을 만들고
너의 자유는 끝내 환상이 되고 만다.

곧은 소리로 말하라고 너를
뒤밀어 올리는 자는 누구인가.
직선으로 돌진하라고 너에게
충동하는 자는 그 누구인가.

너의 그 끊임없는 좌절을
나는 차마 바라볼 수가 없다.
너의 그 끊임없는 굴욕을
나는 더 이상 지켜볼 수가 없다.

돌아서 가라 돌아서 가라 분수여.
직선으로 돌진하지 말고
우회하여 가는 것이 바른 길이다
분수를 모르는 너, 분수여.

돌아서 가는 슬기를 지닌 자가
진정한 자유인이다.

돌아서 가는 슬기를 지닌 사람만이
온전한 자유를 누릴 수 있다는 것을
우리는 안다 분수여
분수를 모르는 젊은 사랑이여.

噴水を見て

真っ直ぐな声で話すおまえの叫びは
すでに自由ではない
広々とした青空に向かって
力いっぱい叫んでいるようだが
結局　おまえは己を束縛し
おまえの自由は　終始幻想になっている.

真っ直ぐな声で話せと　おまえを
後ろから押し上げる者は誰か
直線で突進せよと　おまえを
煽っている者は　いったい誰か.

おまえの　その絶え間ない挫折を
私は到底見つめることができない
おまえの　その絶え間ない屈辱を

私はこれ以上見守ることができない．

曲がって行け　曲がって行け　噴水よ．
直線で突進せずに
迂回して行くのが　正しい道だ
噴水を知らないおまえ　噴水よ．

曲がって行く知恵を身につけた人が
ほんとうの　自由人だ．

曲がって行く知恵を備えた者だけが
申し分ない自由を享受できるということを
我々は知っている　噴水よ
噴水を知らない　若者の愛よ．

<むくげ通信　第3号，飯嶋武太郎　訳>

연어에 관한 명상 (1)

어부가 바다를 향해 떠나는 건
만선이 되어 돌아오기 위함이다
연어가 바다를 향해 떠나는 것도
만삭이 되어 돌아오기 위함이다

사랑하는 그대여
우리가 아침에 떠나고
우리가 저녁에 돌아오고
우리도 연어처럼
망망대해를 항해하고 있지만

우리가 세상을 향해 떠나는 건
빈 손이 되어 돌아가기 위함이다
우리가 내일을 향해 떠나는 것도
빈 손이 되어 돌아가기 위함이다

鮭に関する冥想 (1)

漁師が海に向かって発つことは
大漁になって帰ってくることである
鮭が海に向かって発つのも
臨月になって帰ってくることである

愛する君よ
私たちが朝家を出て
夕方帰るのは
私たちも鮭のように
漫漫たる大海に向かってはいるが

私たちが世間に向かって発つことは
手ぶらになって帰るためである
私たちが明日に向かって発つことも
手ぶらになって帰るためである

〈むくげ通信 第2号，飯嶋武太郎 訳〉

연어에 관한 명상 (2)

연어는 바다 밑
수초 사이를 누비고
그대도 하늘 밑
빌딩 사이를 누비고

연어는 남색 파도
돌고 돌며 헤엄치고
그대도 잿빛 도시
돌고 돌며 헤엄치고

헤엄치다 지치면
고향으로 돌아가고

연어도 돌아가면
외로운 혼으로 떠돌고

그대도 돌아가면
외로운 혼으로 떠돌고

鮭に関する冥想（2）

鮭は海の下
水草の間をぬって泳ぎ
あなたも窓の下
ビルの間をぬって歩む

鮭は蒼い波涛の海を
ぐるりと回遊し
あなたも灰色の都市を
あちこち徘徊する

歩き疲れれば
故郷に帰り

故郷に帰ってからは
孤独な魂でさすらい歩む

あなたも家に帰れば
寂しい魂となりさすらい歩む

　　〈むくげ通信　第2号，飯嶋武太郎　訳〉

신神이 내려주는 언어

신이 내려주는 언어를
찾아요, 이제 그대
귀신과도 만나는 나이가
됐잖아요

도시를 아주 과감하게
떠나요, 이제 그대
도시와 결별한 나이가
됐잖아요

신이 내려주는 언어가
들리는 곳, 이제 그대
그 섬으로 가서

그의 말씀을 들어요
섬에는 신이 오는 소리
들려요, 귀가 맑게 트여요
진실로 그대 혼자일 때
그가 오시거든요

神が与えてくれる言葉

神が与えてくれる言葉を探します
もうあなたの鬼神とも出会える歳に
なったじゃありませんか

都市を思い切って発ちます
もうあなたの都市と決別する歳に
なったじゃありませんか

神が与えてくれる言葉が
聞こえるところ，今あなたは
その島へ行って神の言葉を聴きます

島には神が来る音聞こえます
耳が澄んで聞こえます
真実あなた独りでいるとき
神がいらっしゃるのです

〈むくげ通信　第2号，飯嶋武太郎　訳〉

아, 인동초여

— 모씨 은퇴의 날에

인동초여 인동초여
영원히 시들지 말아다오.
모진 바람 불어와
그대 몸을 휘감을지라도
눈보라가 휘몰아쳐서
온 세상 뒤덮을지라도
시들지 말아다오 인동초여.

모진 바람 불어도
뿌리까지 흔들지는 못할지니
눈보라 휘몰아쳐도
뿌리까지 눕히지는 못할지니
아, 인동초여

이 기나긴 겨울 지나면

노고지리 우는 봄날 오리니
기다려다오 기다려다오
영원히 시들지 말아다오
인동초여 인동초여.

あー，忍冬草よ

― 模氏退任の日に

忍冬草よ　忍冬草よ
永遠に萎れないでくれ
暴風が吹きあれ
あなたの体に吹き付けたとしても
吹雪が吹きまくっても
萎れないでくれ　忍冬草よ，

烈しい寒風が吹いても
根まで揺すりはしないから
吹雪が吹きまくっても
根まで揺すり倒しはないから
あー，忍冬草よ
この長い冬が過ぎれば

ひばり鳴く春が来るだろうから
待っていてくれ　待っていてくれ
忍冬草よ　忍冬草よ

〈むくげ通信　第2号，飯嶋武太郎　訳〉

시인에게

너에게는
신령스런 눈으로만 볼 수 있는
투시경을 하나 건네주리라.
꽃구름처럼 아름다운 자연의 신비 속에
어쩌면 보일지도 모르는 신의 언어를
눈여겨 보거라 너는.

너에게는
신령스런 눈으로만 볼 수 있는
투시경을 하나 더 건네주리라.
해일처럼 밀려드는 번뇌의 강을 보며
그 강물 응시의 노래 구원의 노래 있는지를
귀 기울여 보거라 너는.

시인이여 너는
영원과 찰나 사이, 이승과 저승 사이
오늘과 내일 사이를 오가는
영혼의 방랑자.

너에게는
신령스런 눈으로만 볼 수 있는
거울을 하나 더 건네주리라.
구름처럼 왔다 가는 네 흔적 엿보는 시간
행여 그 흔적 더럽힐까 저어하는 시간을
늘 가지거라 너는.

詩人に

お前には
心霊な眼でだけ見られる
透視鏡を一つ手渡してやるつもりだ
花曇のような美しい自然の神秘の中で
もしかしたら見えるかも知れない神の言葉に
眼を注ぎなさい　　おまえは

おまえには
心霊な眼でだけ見られる
透視鏡をもう一つ手渡すつもりだ
津波のように押し寄せる煩悩の川を見つつ
その川に凝視の歌　　久遠の歌があるかを
耳を傾け聞きなさい　　おまえは

詩人よ　おまえは
永遠と刹那の間を行き来する
霊魂の放浪者

おまえには
鏡をもう一つ手渡してやる
雲のように行き交うお前の痕跡のぞき見る時
間を
ひょっとしたらその痕跡を汚すか傷つける時間
を
常に持っていなさい　おまえは

〈むくげ通信　第3号，飯嶋武太郎　訳〉

141

강을 건너는 법

꽃을 바라보는 마음으로
저기 저 낮은 곳을 보아라
때로는 이름 없는
풀꽃들과 눈을 맞추거나
인동초 같은 것을 눈여겨 바라보아라.

그대 아직 행복한 것은
물안개 자욱한 강건너 저 마을
아내가 사립에서 기다리고 있다는 것
그래도 깃들일 수 있는 둥지와
어느 만큼의 양식과
낯 익은 시집 몇 권
그대 곁에 놓여 있다는 것,

꽃을 바라보듯
맑은 마음으로 눈을 모으면
노을이 물드는 저 강물도
한 송이 눈부신 꽃으로 보인다는 것,

꽃을 바라보는 마음으로
저기 저 구름을 보아라
때로는 저 구름의 흐름 위에
배를 띄워 놓고
그대 영혼 그 배와 함께 흘러가 보라.

川を越える法

花を眺める心で
あの低いところを見なさい
ときには　名のない
野の花たちと目を合わせたり
忍冬草のようなものに目を留めなさい

あなたがまだ幸福なのは
深い霧の立ち込めた川越のあの村
妻が芝戸の門前に待っているということ
それでも幾ばくかの単作りのできる単と
幾ばくかの糧食と
見なれた詩集の何冊かが
あなたの傍においてあるということ

花を眺めるょうに
澄んだ心で目を注げば
夕日にそまる　あの川も
一輪のまぶじい花に見えるということ

花を眺める心で
あの雲も見なさい
時には　あの雲の流れの上に
船を浮べて
あなたの霊魂
あの船といっしょうに行ってみなさい

　　　　　〈むくげ通信　第2号，飯嶋武太郎　訳〉

이승의 햇살

그대와 나의 창변에
이승의 햇살이 내리고 있네.

떠나간 이는 저승으로 갔어도
우리는 아직 살아 있으므로
눈 부시게 아름다운
저 햇살을 맞아드리고 있네.

무엇을 더 바랄것인가.
태고와도 같은 고요로운 오후에
건강한 햇살이 뜨락에 내리고
유리창엔 아른아른 성에가 피고,

그대와 나는
눈과 눈을 서로 주고 받으며
살아있으므로 저 햇살을 본다는 것
살아있음의 이 쓸쓸한 기쁨을 누린다는 것.

먼산 발치로는
백로 한 마리를 띄워 보내며
신의 사랑이 내리는 이 시간을
호젓이 즐기고 있네.

아, 무엇을 더 바랄 것인가.
그대와 나의 창변에
이승의 햇살이 내리고 있네.

この世の陽射し

あなたと私の窓辺に
この世の陽射しが注いでいる

旅だったあなたは黄泉へ行っても
私たちはまだ生きているから
まばゆく美しい
あの陽射しを向かい入れている

何をもっと望んでいるのか
太古の如き静寂な午後
健康な陽射しが庭に降り注ぎ
窓辺にはちらちら霜が咲いている

あなたと私は
互いに目配せし
生きているからあの陽射しが見られ
生きているこの素晴らしい歓びを亨受できる

遠い山の麓では
白い頂きを見つめて過ごし
神の愛が降り注ぐこの時を
もの寂しく楽しんでいる

あー　今より何を望んでいるのか
あなたと私の窓辺に
この世の陽射しが降り注ぐ
　　　　〈むくげ通信　第3号，飯嶋武太郎　訳〉

금강산 별곡

1.
바람이여
금수강산 삼천리를 넘나드는
바람, 때로는 금강산 상상봉을 넘나드는
바람이여, 그 자유로운 것이여
너는 알리라.
언젠가는 가야할 땅 가야할 산하를
철책 넘어 지척에 두고도 눈이 먼
우리들의 더딘 걸음걸이,
바람이여
때로는 비로봉 머리채를 쓰다듬고
명경대를 친친 감아 얼굴을 비비는
바람이여

조물주의 손으로 빚은 신비의 산을
강 건너의 꽃으로 두고 노래 부르는
우리들의 기나긴 한을
바람이여 너는
달빛만큼 시리게 알리라.

　2.
또 한 해가 기우는 가을에
어느 운동장에는 수학여행 떠나는 아이들
그 천진스런 눈망울 속 가슴 속에도
아른대는 산천이 있으리라.
그리고 그들의 눈망울 속 가슴 속 이야기를

철책 너머에서 은밀히 뇌작거리며
가을 내내 풍악산은 울고 있으리라
돌보지 않는 슬픈 꽃으로 피고 있으리라.
금강산이여, 흰옷 입은 우리들의
사랑이여
서른 해 하고도 다시 여덟 해
기다리던 우리들의 피멍진 응어리를
물빛 마음으로 고백하고 싶구나.
우리의 결론을, 어느날 꿈결같이 끌어안을
우리의 결론을
결코 나뉘일 수 없는 우리의 사랑을
너에게나 가서
화랑의 정열로 고백하고 싶구나.

3.
친구여
지도를 펴놓고 해금강 구경가자
고성역에서 내려서 맘 속으론 구드끈 졸라매
고
오매불망 그리던 해금강을 굽어보면
바닷물이 하나로 흐르고 있구나
한 핏줄의 거룩한 뜻으로 흐르고 있구나.
친구여, 지도를 펴놓고
죽음보다 영원한 우리 조국의 산줄기
외금강 내금강 신금강의 바람을
선인들처럼 마시고
아아 불현 듯 마의태자의 무덤 앞에
눈길로 알현한 다음, 도시락을 먹자.

보리밥에 고추장 절이김치 먹으며
잃어버린 어제의 질서 안에 고요히 안겨
철책선의 목적이 무엇인가를
너와 나의 가슴으로 흐르고 있는
움직일 수 없는 강렬한 생명이 무엇인가를
태자와 함께 의논하여 해답을 얻어보자
친구여, 피 통하는 사랑이여.

金剛山別曲

1. 金剛山三千里を行き来する　風よ
   ときには　金剛山の想像の峰を行き来する
   風よ
   その自由なものよ
   何時かは　行くべき土地　行くべき山河
   鉄柵を越え　近くても目には遠い
   我らの遅い歩み
   風よ
   ときには　毘盧峰の長く垂らした髪をなでて
   明鏡台をぐるぐる巻いて顔こすりつける
   風よ
   造物主の手で輝く神秘の山は
   川向こうの花にとどめ歌うたう
   我らの長々とつづく恨を
   風よ　お前には

月の光が痺れるほど冷たいのが解るだろう

2. また一年が終わる秋に
　　ある運動場には修学旅行に行く子供たちが
　　そのあどけない目の中　胸の中に
　　揺れ動く山河があるだろう
　　そして　子供たちの目の中　胸の中の話しを
　　鉄柵を越えてひっそり聞き出せば
　　秋の楓嶽山は泣いているだろう
　　金剛山よ！　白衣を着た我らの
　　愛よ
　　三十年経っても　それからまた八年経っても
　　待っていた我らの血に塗れたしこりを
　　水に映るこころで告白したいのだ
　　我らの結論は！　いつの日か夢のような抱擁を

我らの結論を
けっして分けられない我らの愛を
お前にも花郎の情熱で告白したいのだ

3. 友よ
地図を広げて海錦江に行こう
コソン駅で降り心を引き締め
寝ても覚めても忘れ得ぬ海錦江を見下ろせば
海水が一つに流れているのだ
一本の血管が神々しく流れているのだ
友よ！　地図を広げて
死より永遠の我が祖国の山並みを
外錦江　内錦江　新錦江の風を
先人のように飲み
馬医太子の墓前に

視線を移し謁見した後　昼食にしよう
麦飯に唐辛子キムチ食べながら
失ってしまった昨日の秩序の中に静かに抱かれ
鉄柵線の目的が何であるかを
お前と俺の胸に流れている
動かす事の出来ない強烈な生命が何であるかを
太子と共に議論し解答を得よう
友よ！　血の通っている愛よ

〈むくげ通信　第6号，飯嶋武太郎　訳〉

注：花郎、新羅時代の貴族の子弟によって組織され心身の鍛錬を行った
　　団体。
　　儒・仏・仙・三教三徳の精神を学び五戒を信条として国を愛すること
　　標榜した。

잊을 수 없는 날의 흔적

10편 재 수록

사랑을 위한 서시

사랑한다는 것은
햇빛의 미소를 배우는 일이다
스산한 가을날 아침 무렵
나뭇잎새의 이슬방울들을
따스하게 어루만지며 잠재우는
햇빛의 미소를 배우는 일이다

사랑한다는 것은
햇빛의 손길을 배우는 일이다
스산한 가을날 저녁 무렵
알몸이 된 나무들의 간절한 기도를
차마 떨치지 못하고 쓰다듬어주는
황혼빛의 손길을 배우는 일이다

아, 우리네 고단한 인생살이에
사랑을 한다는 것
사랑이라는 이름의 꽃을 피우는 일은
물처럼 그러나 잔잔한 호수처럼
모두 다 끌어안으며
아름다운 동화의 나라를 꿈꾸는 일

사랑한다는 것은
저 높은 산의 마음을 배우는 일이다
하늘 아래 큰어른처럼 우뚝히 서서
손 아래 무릎 아래 형제들을 거느리고
묵묵히 묵묵히 미래를 명상하는
저 높은 산의 마음을 배우는 일이다

갈 대

갈대들이 우는 소리를 들은 것은
그날의 황혼 무렵이다

그 길고 긴 날 하루의
방황의 끝,
그 날의 인연의 끈을
끝내 풀지 못하고
황혼이 물드는 창변에
지긋이 앉았을 때

바로 그 시간이다
갈대들이 우는 소리를 들은 것은
아니다 아니다

그 해의 겨울 무렵이다.

그 길고 긴 한 해의
방황의 끝,
남길만한 그 무엇도 없는 세월을
끝내 흘려 보내고
무엇으로 남아야 될 것인가를
지긋이 생각할 때

바로 그 겨울이다
갈대들이 우는 소리를 들은 것은

낮은 목소리로

낮은 목소리로 들려 주십시오
나의 말발굽이
치달려 가고 있는 언제나
낮은 목소리로 들려 주십시오

달무리를 이루며 가까이 오셔서
아무 말씀도 없어서는 아니 되옵니다
달무리를 이루다가 사라져 가옵시면
나의 영혼은 사위어 가옵니다
세계는 보여도 소리는 없습니다

낮은 목소리로 들려 주십시오.
밑바닥으로 타들어가는 심지를
돋우어 돋우어 주옵시고
나의 호수는 언제나
달무리로 일렁여 주십시오

상실의 문턱 안에서
나를 끄집어 내어 주옵시고
나의 혼을 뚜드리는
목소리 속에 목소리 속에
잠기게 하여 주십시오

산다는 것이 죽는 일일 때
죽어서도 사는 목소리를
배워야겠습니다

낮은 목소리로 들려 주십시오
나의 말발굽이
치달려 가고 있는 언제나
낮은 목소리로 들려 주십시오

겨울풀

서슬 퍼런 바람에도
풀들은 아직 살아있다.
전류가 안으로 안으로 흐르듯
어둠의 땅 속에 아직 은밀히 살아있는
뿌리들의 훈훈한 교감

서슬 퍼런 바람 속에서도
풀들은 아직 일어선다
잠 못드는 수맥이 물농울쳐 솟구치듯
눈보라 속 눈보라 속에 은밀히
수런대며 일어서는 풀들의 말씀

아, 이 겨울은
어디쯤 머언가

인동忍冬의 때에 이는 바람의 칼날에도
휘파람 안으로 불며 불며
아직 살아있는
풀들의 혼

연 꽃 (1)

멀리 두고 이쯤에서
외로운 황홀 속에 있고 싶네.

그리하여 나의 혼이 밝아오고
나의 혼이 깊어지고 넓어지는
그 오상五相의 얼굴을
이만큼의 거리에서 눈여겨 보리니

사랑이여 잔잔한 호수의 마음이여
그대 열반의 한 세계에 이르르면
날 어느 목소리로 불러주려나.

그 부르는 소리 은은히 들리면
그 때엔 서서히
몸에 밴 먼지를 털으리다.

흔들리는 물결 위에
흔들리지 않는 심지로 솟은
나의 수녀여.

먼 데서도 가까운 미소는
가장 큰 하늘 아래
비인 그 자리에서 보고 싶네.

연꽃 (2)

바람도 그대 앞에 서면
잠이 드네.

구름도 그대 앞에 서면
스러지네.

멀고도 깊은 곳에서 흘러나온
그대의 웃음,

그대의
웃음 앞에 서면,

잠이 들었던 바람도
불현듯 다시 깨어나네.

스러지던 구름도
불현 듯 다시 피어오르네.

바 람

또다시 바람이 인다
그렇게도 많이 지나온 계곡을
바람은 또 간다.

꽃잎 꽃잎마다
가녀린 풀잎사귀마다
입을 맞추고 포복하여 돌아서 온
바람은

왜 이렇듯 또다시
그리움 아닌 것이 없느냐
왜 이렇듯 또다시
달려가고만 싶은 것이냐.

또다시 바람이 인다
그렇게도 많이 지나온 계곡을
바람은 또 간다.

들개처럼 밭으로 산으로
달려가서 볼을 비비면

왜 이토록 꽃잎마다
누이 아닌 것이 없느냐
왜 이토록 풀잎마다
사랑 아닌 것이 없느냐.

목화꽃 누님 (1)

흰 옷 입은 누님의 얼굴에서는
홀로 되신 어머님의 슬픈 한 평생
산비탈 지슴길 오르내리던 모습이
아른 아른
보이는 듯 하여라.

흰 옷 입은 누님의 얼굴에서는
산비탈 목화밭 어머님의 흐느낌
그 흐느낌 한 소절마다 피던 목화꽃이
아른 아른
보이는 듯 하여라.

아, 흰 옷 입은 우리의 누님
단 하나 외아들을 나라에 바치고
아리게도 지새우던 기나긴 세월

그 세월이 아른 아른
눈에 어리고,

흰 옷 입은 누님의 얼굴에서는
거룩한 이 나라 그 날의 젊은 죽음
강물처럼 피어나던 그 날의 목화꽃이
아른 아른
보이는 듯 하여라.

요 정

일요일 아침
건강한 아침을 뜨락에서 맞으면
홀연히 교외郊外의 산 숲에선 나를
나들이 나오라 부르는 소리
보이지 않는 요정妖精이 부는 트럼펫 소리.

그 소리의 은은한 기별에 눈을 뜬 나는
산들바람 일렁이는 가슴을 데불고
어느새 바위 틈에 비벼 핀 풀꽃 앞에
지늘키듯 앉는다.

그 때 누구일까
또 다시 나에게 은은한 기별을 보내는 이는
임간林間에서 임간林間에서 오는
그 보이지 않는 미소는

누구일까.

나는 그 미소를 따라 미소를 따라
부르는 소리, 트럼펫 소리를 따라
임간林間에서 보낸 오월의 하루.

어느 저승 곁이랴
황혼으로 색실 내여 치인친 옷을 입는
나뭇 잎새들.

나는 아무도 만난 사람 없이
땅거미 들 무렵 산을 나섰다.

다시 장강長江처럼

지난 봄은 참 부끄러웠다.
아득한 지슴길에서 부질없이
허둥대어 온 그 지겹던 여름은
참 부끄러웠다.

가을이 오기 전, 가을이 오기 전의
이 살갖 저미는 고요한
방황의 길목에서, 부끄러웠던
그 무더위처럼
겨울이 먼저 올까 두려워지느니,

몰라,
저 지난 봄, 지난 여름.
다만, 흐르는 것은 흐르는 것이다.
그러나 그냥 흐르는 것은

정지된 것이다.

정지된 흐름-이 정지된 흐름의
길목에서 호젓이
떠나야 된다. 드디어 찬란히
떠나야 된다.

바람 안에서 울고 바람 안에서
울부짖을지라도, 도도히
떠나야 한다. 다시 장강長江처럼
소리 죽이고 떠나야 한다.

■ 연보

1938   전북 김제 백산 상정리 출생

1957   남성고등학교 졸업

1963   전북대 국어국문학과 졸업
        전북일보 신춘문예 후, '南風'동인으로 활동

1970   첫시집「다시 長江 처럼」간행 후 등단

1972   한국문인협회 이리(현. 익산) 지부장

1973   가족 시·서·화전

1975   제2시집「겨울풀」간행

1977   고려대학교 교육대학원 졸업
        전라북도 문화상(문학부문) 수상

1978   저서「詩人과 眞實」간행

1979   1964년부터 15년간 원광여고, 남성고 교사 재직후 퇴직
        전북대학교 강사

1980   우석대학교 교수

1981   저서「韓國 現代詩 理解」간행
        전북 대상(학술상) 수상

1982   제1회 대한민국 미술대전(서예 부문) 입선
        우석대학교 도서관장

1984   번역서「中國 思想의 根源」간행 (공역)
        中國文化大學, 中華學術院에서 명예 문학박사 학위 받음

1985   제3시집「안개 속에서」간행

1986   우석대 대학원 주임교수, 야간학부 학부장

1988   전라북도 도정 자문위원

1989	제54차 국제 PEN클럽대회 한국대표단으로 참가

1989　제54차 국제 PEN클럽대회 한국대표단으로 참가
　　　 (캐나다 토론토, 몬트리올)
1991　저서「未堂 徐廷柱 研究」간행
1992　저서「한국의 현대시 이해와 감상」간행
　　　 전북지역 독립운동 기념탑 비문 및 조선왕조실록 보전기
　　　 적비 비문 글씨 씀
　　　 전라북도 문화상 심사위원
1994　고려대학교 동문회 이사, '바른교육 큰 사람 만들기'
　　　 高大 VISION 발기인
1995　'맥(貘)' 동인으로 활동
1997　저서「시인과의 진정한 만남」간행
　　　 미당 시문학관 건립 추진위원회 상임 자문위원
1998　제4시집「강을 건너는 법」간행
　　　 저서「한국 명시 해설」간행
　　　 풍남문학상 수상
2000　저서「서정주 예술언어」간행
　　　 한국비평문학상 수상
2001　저서「夕汀詩 다시 읽기」간행
2002　백자 예술상 수상
　　　 현재 우석대학교 국어국문학과 교수

현주소 : 560-301, 전주시 덕진구 송천동 1가 406-1
　　　　063)290-1313(학교), 063)277-0937(집)

송하선 시집

가시고기 아비의 사랑

저자

송하선

발행인

송미옥

발행처

이회문화사

출판등록번호

1992년 5월 2일 제6-0532호

131-030 서울 동대문구 답십리동 488-338

(02)2244 - 7912, 팩스 (02)2244 - 7914

ih7912@chollian.net http://www.ihoe.co.kr

2002년 6월 15일 제1판 제1쇄 인쇄

2002년 6월 21일 제1판 제1쇄 발행

값 6,000원

ISBN 89-8107-187-X (03810)

□잘못된 책은 바꿔드립니다.